1913 Juni 7

(N° 305)

683 | Chambre des Commissaires-Priseurs
Envoi à la Bibliothèque Nationale

AF358046

SUCCESSION DE FEU JULES JACQUET

(1ʳᵉ PARTIE)

Vente du Samedi 7 Juin 1913

HOTEL DROUOT — SALLE N° 6

N° 19 du Catalogue.

ŒUVRE GRAVÉ

DE

JULES JACQUET

ŒUVRES D'HENRIQUEL-DUPONT & DE LAEMLEIN

Mᵉ ANDRÉ DESVOUGES.   M. LOYS DELTEIL.

EXPOSITION PUBLIQUE, HOTEL DROUOT, SALLE N° 6
Le Vendredi 6 Juin 1913, de 2 heures à 6 heures

FRAZIER-SOYE

GRAVEUR-IMPRIMEUR

153-155-157, Rue Montmartre

PARIS

CATALOGUE

DES

ESTAMPES

DE

Jules JACQUET

DE

LAEMLEIN

HENRIQUEL-DUPONT,

dépendant de la succession de feu M. Jules JACQUET

Dont la vente aura lieu

à Paris, HOTEL DROUOT, Salle N° 6

Le Samedi 7 Juin 1913

à 3 heures 1/2 précises

Par le Ministère de M⁅ ANDRÉ DESVOUGES

Commissaire-Priseur

26, Rue de la Grange-Batelière

Assisté de M. LOYS DELTEIL, Graveur et Expert

2, Rue des Beaux-Arts

CONDITIONS DE LA VENTE

Elle sera faite au comptant.

Les adjudicataires paieront *dix pour cent* en sus des enchères.

M. Loys Delteil remplira les commissions que voudront bien lui confier les amateurs ne pouvant y assister.

MM. les Amateurs pourront visiter la collection, 2, *rue des Beaux-Arts*, du Lundi 2 au Jeudi 5 Juin 1913, de 2 heures à 5 heures.

Exposition Publique, Hôtel Drouot, Salle N° 6,
le Vendredi 6 Juin 1913, de 2 heures 6 heures

Le Peintre-Graveur Illustré

(XIXe & XXe SIÈCLES)

par LOYS DELTEIL

OUVRAGE HONORÉ D'UNE SOUSCRIPTION DU MINISTÈRE DE L'INSTRUCTION PUBLIQUE
ET DES BEAUX-ARTS

VIENT DE PARAITRE :

TOME VIII consacré à

Eugène CARRIÈRE

contenant la biographie du Maître,

et le

Catalogue raisonné de son œuvre gravé et lithographié
avec la reproduction
de toutes les planches décrites.
1 volume in-4°, orné du portrait de CARRIÈRE
et de 45 *fac-simile.*

Tirage :

50 exemplaires de luxe, sur japon. . . . 60 francs
300   —   avec lithographie originale. 25   —
100   —   sans la lithographie 16   —

EN PRÉPARATION :

TOMES IX et X, consacrés à H. DE TOULOUSE-LAUTREC
TOME XI,   consacré à GUSTAVE LEHEUTRE
TOME XII,   consacré à CHARLES-FR. DAUBIGNY
TOMES XIII et XIV, consacrés à GOYA
TOME XV,   consacré à GÉRICAULT

ÉDITIONS DU PEINTRE-GRAVEUR ILLUSTRÉ

POUR PARAITRE PROCHAINEMENT :

LES EAUX-FORTES & LES LITHOGRAPHIES

DE

KÄTHE KOLLWITZ

CATALOGUE RAISONNÉ par le Dr JOHANNES SIEVERS

TRADUIT DE L'ALLEMAND

PAR

Mme LOYS DELTEIL

1 volume in-4°, contenant la reproduction de toutes les pièces décrites.

20 exemplaires sur japon, avec une planche originale.   50 francs

230 exemplaires sur papier couché avec pl. originale.   40 francs

ON SOUSCRIT chez M. Loys Delteil, auteur et Éditeur
du *Peintre-Graveur Illustré*, 2, rue des Beaux-Arts.

N° 13 du Catalogue.

DÉSIGNATION

ŒUVRE GRAVÉ

DE

JULES JACQUET

(N°ˢ 1 à 65)

1. Rétable de Beaune. Superbe épreuve, *avant toute lettre*, sur japon, *signée*.

2. L'Amour sacré et l'Amour profane, d'après Titien. Très belle épreuve d'*essai*, *signée*.

3. Ex-Voto, d'après N. de Largillierre, 4ᵉ état et épreuve d'*essai*. Deux pièces, *signées*.

4. Le Billet doux, d'après H. Fragonard, 1907. Très belle épreuve, *imp. en couleurs*, sur japon, *signée*.

4 *bis*. Jeune Fille fleurissant l'Amour, d'après A. Roslin. Très belle épreuve, *avec remarque*, sur japon, *signée*.

5. Marie-Antoinette, d'après J. B. Greuze. Très belle épreuve, *avec remarque*, sur parchemin, *signée*.

6. La Laitière, d'après Greuze, 1901. Très belle épreuve, *avant toute lettre*, sur japon, *signée*.

7. La même estampe. Très belle épreuve, *avant la lettre, avec remarque*, sur parchemin, *signée*.

7 *bis*. Le Repos, d'après Colson. Deux très belles épreuves, *avec remarque* (une *tirée en couleurs*), *signées*.

8. Mme Récamier, d'après David. Très belle épreuve, *avant la lettre*, sur chine, *signée*.

9. Mme Seriziat, d'après Louis David, 1er état et épr. terminée, avant toute lettre. Deux pièces. Très belles épreuves, *signées*.

10. La même estampe. Très belle épreuve, *avant la lettre*, *signée*.

10 *bis*. Le Maréchal de Saxe, d'après Meissonier, 1er état et épr. définitive. Deux pièces, sur japon, *signées*.

11. La même estampe. Très belle épreuve, *avec remarque*, sur parchemin, *signée*.

12. **1805**, d'après Meissonier, 1er état et épr. terminée, *avec remarques*. Deux pièces, *signées*.

13. **1806**, d'après E. Meissonier, 1892, 3 états différents, *signés*.

14. La même estampe. Très belle épreuve, *avant la lettre*, sur japon, *signée*.

15. La même estampe, en même état et condition.

16. **1807**, d'après E. Meissonier, 1er, 2e et 3e états, *non terminés*, sur japon, *signés*.

N° 12 du Catalogue.

N° 10 du Catalogue.

17. La même estampe. Superbe épreuve, *avant la lettre*, sur japon, *signée*.

18. La même estampe, en même état et condition.

19. **1814**, d'après E. Meissonier, 1er, 3e et 5e états, et épreuve terminée, avec la lettre. Quatre pièces sur chine (trois *signées*).

20. La même estampe. Très belle épreuve, AVANT TOUTE LETTRE, sur chine, *signée*.

20 *bis*. La même estampe, en même état et condition.

21. Les Amateurs d'Estampes, d'après E. Meissonier. Superbe épreuve, *avec remarque*, sur parchemin, *signée* et *timbrée*.

22. La même estampe, en même état et condition.

23. L'Arrivée au château, d'après Meissonier. Très belle épreuve, *avant la lettre*, *avec remarque*, sur parchemin, *signée* et *timbrée*.

24. Les Bons Amis, d'après Meissonier. Très belle épreuve d'*essai*, sur japon, *signée*.

25. Cavalier Louis XIII, d'après E. Meissonier. Très belle épreuve, *avec remarque*, sur parchemin, *signée*.

26. Charity, d'après E. Meissonier, 1903, 1er état et épr. définitive. Deux pièces. Très belles épreuves, *signées* (une sur parchemin, *avec remarque*).

27. Le Cheval blanc, d'après E. Meissonier. Très belle épreuve, *avec remarque*, sur parchemin, *signée* et *timbrée*.

28. Les deux Amis, d'après E. Meissonier. Très belle épreuve, *avec remarque*, sur parchemin, *signée* et *timbrée*.

29. Dragon en vedette, d'après E. Meissonier. Très belle épreuve, *avec remarque*, sur parchemin, *signée* et *timbrée*.

30. Le Fanfaron — Mauvaise humeur. Deux pièces, d'après E. Meissonier, se faisant pendants. Très belles épreuves, *avant la lettre, avec remarque*, sur parchemin, *signées* et *timbrées*.

30 *bis*. Les mêmes estampes, en même état et condition.

N° 21 du Catalogue.

31. Le Fumeur, d'après E. Meissonier. 1905. Superbe épreuve, *avant la lettre, avec remarque*, sur parchemin, *signée* et *timbrée*.

32. Guard Room, d'après E. Meissonier. Superbe épreuve, *avec remarque*, sur parchemin, *signée*.

33. La Halte, d'après E. Meissonier, 1ᵉʳ état et épr. terminée. Deux pièces sur japon, *signées*.

34. La même estampe. Très belle épreuve, *avec remarque*, sur parchemin, *signée*.

35. Les Joueurs de boules, d'après E. Meissonier.
Très belle épreuve, *avec remarque*, sur parchemin, *signée* et *timbrée*.

36. Les Joueurs d'Echecs, d'après E. Meissonier, 1er état
et épreuve terminée, *avant la lettre*. Deux pièces. Superbes épreuves sur japon, *signées*.

N° 38 du Catalogue.

37. La même estampe. Superbe épreuve, *avant la
lettre*, sur parchemin, *signée*.

38. Le Joueur de flûte, d'après E. Meissonier, 1903. Superbe épreuve, *avec remarque* sur parchemin,
signée.

39. Mousquetaire, d'apr. E. Meissonier. Très belle
épreuve *avec remarque*, sur parchemin, *signée*.

40. Les Ordonnances, d'après E. Meissonier, 1ᵉʳ état
et épreuve terminée, *avec remarque*. Deux pièces. Très belles épreuves, sur japon, *signées*.

41. Le Poète, d'apr. E. Meissonier. Superbe épreuve,
avant la lettre, avec remarque, sur parchemin,
signée.

Nᵒ 41 du Catalogue.

42. Le Portrait du Sergent, d'apr. E. Meissonier, 1ᵉʳ état
et épr. terminée. Deux pièces. Très belles épreuves
avant toute lettre, sur chine, *signées*.

42 *bis*. La même estampe, sur japon, *signée* (léger pli).

43. Poste de Grand'Garde, d'apr. Meissonier. Superbe
épreuve, *avec remarque*, sur parchemin, *signée*.

44. Le Postillon, d'apr. Meissonier. Très belle épreuve,
avec remarque, sur parchemin, *signée* et *timbrée*.

45. Portrait, d'apr. E. Meissonier, 1er état et épr. définitive. Deux pièces, *signées* (une avec auto-
graphe de Meissonier).

46. Sentinelle avancée, d'apr. E. Meissonier. Très
belle épreuve, *avec remarque*, sur parchemin,
signée.

47. Sous le Balcon, d'apr. E. Meissonier. Très belle
épreuve, *avec remarque*, sur parchemin, *signée*.

48. Le Veneur, d'apr. E. Meissonier. Très belle
épreuve, *avec remarque*, sur parchemin, *signée*
et *timbrée*.

49. Le Vin du Curé, d'apr. Meissonier, 1909. Très belle
épreuve, *avec remarque*, sur parchemin.

50. Les Joyeuses Commères de Windsor, d'apr. Achille
Fould. Superbe épreuve, *avant la lettre*, *signée*
et *timbrée*.

51. L'Amour qui vient, d'apr. J. Aubert. Très belle
épreuve, *avant toute lettre*, sur chine, *signée*.

52. La Fortune et le jeune Enfant, d'apr. P. Baudry,
épr. sur japon, *signée*.

52 *bis*. Nymphe couchée, d'apr. Henner. Très belle
èpreuve.

52 *ter*. Le Chant du Départ, d'apr. Rude. Très belle
épreuve.

53. La Belle Portia, d'après Cabanel, 1886, 1er état
et épreuve terminée. Deux pièces. Superbes
épreuves *signées*.

54. La Vierge à l'oiseau, d'apr. E. Hébert. Superbe
épreuve, *avant la lettre*, sur japon, *signée* et
timbrée.

55. Esméralda, d'apr. J. Lefebvre. 2e état et épreuve
terminée. Deux pièces. Très belles épreuves,
avant la lettre, *signées*.

56. L'Aurore, d'apr. J. Lefebvre. Superbe épreuve, *avec remarque*, sur japon, *signée*.

57. La même estampe. Superbe épreuve, *avant la lettre*, sur chine, *signée*.

58. Le Printemps, d'apr. J. F. Millet. Très belle épreuve, *avec remarque*, sur japon, *signée*.

59. Première offrande, d'apr. H. Schmalz, 1897. Très belle épreuve, *avant la lettre*, sur japon, *signée des artistes* et *timbrée*.

60. Offrande aux dieux, d'apr. H. Schmalz, 1895. Très belle épreuve, *avant la lettre*, sur chine, *signée des artistes*, *timbrée*.

61. *Room for two*, d'apr. J. Haynes Williams. 1890. Très belle épreuve, *avec remarque*, sur parchemin, *signée*.

62. Gloria Victis, d'apr. A. Mercié — La |Jeunesse, d'apr. Chapu — Tombeau de Cabanel, d'apr. A. Mercié. Trois pièces. Très belles épreuves *d'essai*, *signées*.

63. Portrait, d'apr. Raphaël — Desmarres — Jeanne d Arc, d'apr. A. Mercié — Tombeau de Cabanel, d'après le même. Quatre pièces, *signées* (sauf une).

64. Vignettes pour les Œuvres de Fr. Coppée, d'apr. F. Flameng. Quatre pièces (sur 5), *avant toute lettre*, sur japon, *signées*.

65. Guide de la Garde — Grenadier. Deux pièces, *signées*.

LAEMLEIN (Alexandre)

66. A. Alexandre, auteur de l'Encyclopédie des Echecs — Portraits anonymes. Trois lithographies rares.

HENRIQUEL-DUPONT (L. P.)

67. Henriquel-Dupont, par A. François — La Vierge de la Maison d'Orléans, d'apr. Raphaël — Marie d'Orléans, d'apr. A. Scheffer — Rothschild (Baron James de). Quatre pièces. Très belles épreuves, *avant la lettre* (une *avec dédicace*).

68. Abdication de Gustave Wasa, d'apr. Hersent. Rare épreuve *d'essai*.

69. Brongniart (A.) — Chenavard (C. Aimé) — Delaborde (V" Henri). Trois pièces. Très belles épreuves.

Nº 36 du Catalogue.

FRAZIER-SOYE

GRAVEUR-IMPRIMEUR

153-155-157, Rue Montmartre

PARIS

www.ingramcontent.com/pod-product-compliance
Lightning Source LLC
LaVergne TN
LVHW021917180726
843502LV00008B/3129